요즘 세상 사는 것, 참 힘들죠?

다한이 뭐하니 ¿

제가 글을 쓰네요, 풉.
살다 보니 이런 날도 오고요, 참 재미있네요.

글을 쓰기 전에는 생각하지 못했던 새로운 생각들을 하
게 됐어요. 그 생각들 중 가장 충격적이었던 건 '내가 나
를 키우고 있구나'였어요.

이 글을 쓴 작가는, 저의 애정과 격려를 받지만 부족한
존재로서의 다한이랍니다. 짜임새 있고 어떤 의미가 내
재되어 있는 책을 찾고 계신다면 이 책은 피해가시길 바
랄게요. 순수한 마음에 드리는 경고이니 새겨들으셔야
합니다. 바람이 나에게 불어와 머리카락이 살랑거림을
느끼고 싶은 간지러운 마음이라면 저의 글이 바람이 되
어드리겠습니다.

요즘 세상 사는 것, 참 힘들죠?
특별한 이유가 있어서 힘들 때도 있지만, 이유가 없는데

도 그냥 마음이 지칠 때가 있어요.

당신이 느끼는 감정과 생각을 제가 모두 느끼고 이해할 수는 없겠지만, 저에게도 당신이 느끼지 못할, 그리고 이해할 수 없는 감정과 생각이 있답니다.

그러니 내가 힘들다 생각하고 표현하는 건 사치가 아니라고 말하고 싶어요. 또 나만 힘든 인생을 사는 게 아니라는 것도요.

이 책을 집으셨다면, 당신의 지친 마음에 커튼을 치고 창문을 열어 살랑거리는 바람이 불어오기를 기다리고 있는 것이니, 저도 그런 줄 알고 준비한 바람을 하나씩 데려와 출동시키겠습니다.

그럼, 우리 에필로그에서 다시 만나요.

이다한

목차

1. 작은 고추가 맵 듯,

짧은 글이 재밌습니다.*

어이가 없어서 웃음이 터져 나올 수 있음을 알려드립니다.

사회생활 수칙

있다고 다 보여주지 말고

안다고 다 말하지 말고

가졌다고 다 빌려주지 말고

들었다고 다 믿지 말 것.

셰익스피어 리어왕에 나오는 명언,

나의 사회생활 수칙.

사랑과 두려움

사랑을 느끼게 하는 것보다

두려움을 느끼게 하는 것이

훨씬 더 안전하다.

인간은 두려움을 불러일으키는 자보다

사랑을 베푸는 자를 해칠 때 덜 주저한다.

- 마키아벨리의 〈군주론〉 중

올해 중1 담임을 맡았다.

흔들리는 내 두 눈동자.

직장 동료

직장에서 만난 사람과
너무 가까워졌다.

어떡하지...
너무 놀고 싶다.
눈만 마주쳐도.

쳐다보지 마, 은영생.

가벼움

책은 가벼운 게 좋다.
데리고 다니기 편하니까.

가벼운 대화도 좋다.
김소연 시인이 말했듯
싱거운 대화와 미지근한 안부가
'회복'이 될 수 있으니까.

가벼운 책과 가벼운 대화로
통하는 사람이
보고 싶다.
그리고
귀하다.

하나님

하나님은 어떤 생각으로
이 조그마한 사람 하나가
이렇게 많은 생각을 하게 만들었을까?

우주에서 보면
개미 똥구멍보다 더 작을 텐데.

도대체 무슨 계획이셨을까?

기분 좋지 않은 칭찬

이 세상에 능력 없는 사람은 하나도 없어

환경이 안 맞거나
시간이 없거나
노력을 안 했거나
정성을 다하지 않았거나
생각이 없거나
이런 것들 때문이지,
능력 문제가 아니야

날로 먹는 책

긴 글보다 짧은 글을 좋아하지만,
글이 없는 책은 또 별로였다.
글도 없는 게 날로 먹는 것 같아서.

그런데 언제부턴지 글 없는 사진집이 좋다.
사진을 보고 있으면 내가 꼭 사진 속에 있는 것 같아서.
눈빛을 보내는 것 같아서.

사랑도 말보다 눈빛이 통할 때 더 찌릿한 것처럼.

나

문득 겁이 날 때가 있어요.
심장이 턱 밑에서 뛰는 것처럼
심장 박동이 느껴지고요.

옛날엔 '나는 잘 할 수 있다.'라고 다독이며 진정시켰는데
이젠 그것도 먹히지 않더라고요.

그래서 찾아낸 방법은요?
'잘하면 얼마나 잘하려고,
그냥 너대로 해, 꾸미지 말고'

온전히 나로 있으면
문제 될 것은 없다고 말해줘요.

물구나무

벽에 대고 물구나무를 서면
세상 무서울 것 없이 다리를 쳐올린다.

벽 없이 물구나무를 설 때면
아주 눈 뜨고 보기 아까울 정도로 찌질거린다.

오늘 난 어제보단 덜 찌질했다.

퍽.

빈 칸

선생님

취미 없으면 어떻게 해요?

특기는요? 특기도 없는데요?

애들아...

선생님이랑 공부 말고 인생 즐기는 법부터 배워보자.

오예! 애들아, 오늘 수업 안 한대!!

안부

쌤쌤 니쓰밥노마?*

예예, 선생님 밥 맛있게 잘 먹었습니다.

你吃饭了吗?

● 이래저래

휘핑크림 올라간 자바칩 프라푸치노
그리고 크림치즈와플

방귀가 계속 나올 때까지 먹었다.

일을 하고 있는 건지,
먹기만 하는 건지.

닳아서 쓰고
속타서 쓰고

나 오늘 잘 수는 있겠지?

'구수한' 과테말라

원두는 콩같이 생겨서

고소한 맛이 나야 할 것 같다.

그래서 산미가 있는 커피보다

고소함이 있는 쓴 커피가 더 좋다.

생각했던 모습이 실제 모습과 다르면 왠지 이상하더라.

그 반대일 때에도.

아인슈페너

아인슈타인을 살짝 떠올리게 하지만
'페너'가 붙으니 오우 꽤 매력적인 애가 됐다.

아우! 나 이거 맛있는 카페 알고 있는데

에스프레소

에스프레쏘*, 한 잔 주세오 (찡긋)

큭 아,,,
설탕 두 조 아니 세 조각..
아니.
너 마셔라.

---

* 주문할 땐 발음을 강조해야 하거든요.

인터넷 쇼핑

끈질긴 추적.

하,

중간 허브 지나고. 간선 하차했으니까,

내일은 오겠지?

그만하고 싶다, 이 추적.

아! 명탐정 같아.

아파 보이는 날

눈썹 놓고 온 날
아! 입도 놓고 왔구나

아! 아파 보이나요?
아! 다행이네요 ㅎㅎ

아파만 보여서...

그 자리면 좋겠네

모기가 딱 물면

더 탱탱해져서

긁으면 진짜 시원한 데가 있다?

어디게?

안 알라줌.

잡담

너와 거리를 좁히는
나의 유일한 무기.

잡담은
너와 나의 연결고리.

마니또

요것들이
마니또를 하잖다.
그래,
선생님이 모른 척 넘어가 주마.

동성이라고 실망하지 말거라,
동성에도 설렐 수 있단다.

급

사랑에도 급이 있다는 사실을 알았다.
계산적인 사랑이 되지 않으려 했다.
그런데 '느껴버렸다', 그 말이 무슨 말인지.

쓸쓸했고,
인정했다.

너랑 난 급이 달랐다.

부어라 마셔라

나는 초록색 병을 즐겨 '마신다', 아침저녁으로.
거의 다 먹을 때쯤 아빠가 새것으로 가져다 놓으신다.
나의 사랑 술 아니고 들기름.
들기름에 밥 말아 김치 하나 올려 먹으면
얼마나 맛있게요.

나는 기름집 딸내미.

스토킹

나를 계속 질기게 쫓아다니는 새끼가 있다.

개새끼

우리집 강아디.*

-----

*   강아지 이름은 이콩, 이아지 입니다.

빵

빵을 아침부터 먹었더니
배가 빵빵해졌다.
진짜 빵 터뜨려 버리고 싶다.

귓밥과 김밥 사이

어스름한 저녁, 할머니 옆에 앉았다.

할머니 귓밥 파줄까?

아녀, 나 안 먹어, 안 먹어.
하루종일 먹어서 배불러.

아니... 할머니 귓밥이 크긴 한데...

M.A.C

아인슈페너를 시켰다.
크림 밑 아메리카노를 마시겠다며
고개까지 젖혔다.
윗 입술에 묻은 코코아가루와 크림까지
까알끔하게 '핥아' 먹었다.

야물딱진 내 혀가 다시 입에 돌아오는
찰나, 깨달았다.
주문 전 단장했던 내 입술을.

낭이 먹었으면 아깝지라도 않지 으휴.

낭만 고양이

수윗리틀끼리~

수윗리틀끼리~

거미로 그으물 쳐서 물꼬기 자브러 ~

갈래영?

---

*   sweet little kitty sweet little kitty
         거미로 그물 쳐서 물고기 잡으러

골드키위

엄마

제발

내가 사다 놓은 골드키위

다른 사람 주지 말라고요

비싸다고!!

내가 하루에 하나씩 아껴먹는 거라고!

캐치

목걸이를 차고 외출하는 내 모습을 본 아빠가

한 마디 하신다.

"우리 딸 그런 목걸이 좋아하는구나, 알았어, 캐치했어."

옆에 엄마가 지나간다.

"자기는 나만 캐치하면 돼."

아빠 눈이 도옹그래졌다.

열심히 캐치하시길... 사요나라...

무정란

수준 있는 중년부부의 만담.

두 분이 저녁을 드시다 살짝 불꽃이 튀고,
드라마 보면서 만담이 벌어졌다.

엄마 : 다한아, 너는 누구 뱃속에서 나와서 이렇게 이쁘냐?

아빠 : 당신하고 내 작품이지.

엄마 : 당신이 뭐 했는데, 내가 배 아파서 낳았지.

        (정적)

아빠 : 그럼 다한이 무정란이네.

... 에?

다시 볼 자신

집에서 고래고래 소리 지르며 노래를 불렀다.

기분이 좋았다.

창문이 열려있었다.

자신이 없다...

옆집 아저씨, 앞집 아줌마 볼 자신.

왜 말리지 않았지. 우리 엄마 아빠.

포켓몬

고라파덕 나와라! 이상해씨도!

또 뭐 나올래?

나도 닌텐도나 해볼까?

전 남친이 진짜 좋아했는데.

시간이 약이구나.

무용

최근에 깨달았다.
세상에 무용한 것은 없다는 걸.

엉 때리는 걸
세상 제일 한심하게 생각했는데

세상에서 엉 때리는 것만큼 가성비 큰 짓도 없는 것 같다.

엉 때리면 여유가 내 콧구멍으로 솔솔 마데카솔.

MSG 넣지 않은 요리

MSG 넣지 않은 요리는 우리 엄마 요리.
그래서 뒷맛 없이 깔끔한 맛이 난다,
담백한 맛.

내가 맛이 난다면
우리 엄마 요리처럼
딱 담백한 맛이 나면 좋겠다.

옆 테이블

공공장소에서 내 귀가 예의 없이
남의 이야기에 집중할 때가 있다.
오늘 그랬다.

죄송해요, 얼굴은 보지 않았어요..

다음부턴 귀 데리고 구석으로 가 있을게요.

옆 테이블2

내가 아니라,

내 귀가,

옆에 앉은 커플 대화를 엿들었다.

음료가 나오고

여친이 말했다.

"오 맛있겠다, 먹어봐"

남친, "쮸릅"

여친, "아 누가 내꺼 먹으래, 네꺼 먹으라고!"

이래서

엿듣나 봐.. 재밌나 봐...

호박차

호박 차를 좋아한다.
호박에서 우러나는 떫은, 맛없는 고소한 맛이 좋다.

사람들이 물어보지.
살 빼?

네, 그러기도 하고요, 맛있기도 하고요...

혼자일 땐 필요 없는 이유들이 계속 늘어난다.
세상엔 그럴 일이 많다.

공감

스치는 것을
집게로 집어 놓은 듯
딱 집어 놓은 글이 있을 때,
고개를 끄덕인다.
좋다, 그런 공감이.

안타까운 일

잊어야 할 사랑을 잊지 못하는 것은 안타까운 일이라고,
그러한 나를 내가 안다는 것은 더더욱 안타까운 일이라고,
그 시가 말했다.

감성에 젖어있을 땐 더더욱 안타까운 일이 맞지만,
이성에 깨어있을 땐 다행인 일이 되는 것 같다.

나태주 시인의 <떠나야 할 때를>이다.

*   나태주 <꽃을 보듯 너를 본다> 지혜 2015

사진 찍는 법

사진 찍는 건 좋아

찍히는 것도 좋아

왜냐면

네가 날,

내가 널

어떻게 보는지 더 잘 볼 수 있거든.

살짝 흔들림

바람에 살랑 흔들리는 커튼 그림자가 그래.

주황색 필라멘트 전구 등빛 아래 책까지 읽고 있어봐,

살짝 비트 있는 재즈까지 들어봐.

그럼 마음까지 살랑인다?

아와 어

예쁘다는 말보다
매력 있다는 말이 더 매력적이에요.

'아'다르고 '어'다르다는 말이죠,
무슨 말인가 싶죠?

별말 아네요,
나한테 매력 있다고 말해달라는 말이에요.

내 메일

내 메일은 꽤 이쁜 편이다.

회원가입할 때나

비밀번호 찾을 때만 쓰는 게 무지 아깝다.

오 이쁘죠? 내 메일.

oprettydh@naver.com

가림

남동생이 샤워하고 있었다.

나는 화장실을 들어가야만 했고.

노크를 했다.

역시 기발했다, 자식.

홀연히

할머니, 남자친구 생겼지?
머리도 새로 하고!

아니 뭐, 숨길 일도 아니고!
내가 몇 년 지낸 남자친구가 있었는디
며칠 전에 갔어,
하늘나라 갔어!

손녀라는 것이 굿타이밍.

이씨 왕조

아빠가 식사를 하실 때
엄마가 누워계셨다.

목적지는 있으나 도착지는 없는 아빠의 메아리.
"조선왕조 때 태어났으면 꼼짝도 못 했어, 어디..."

그 뒤는 나도 안 들어서 잘 모른다, 아빵 쏘리(찡긋).

캠핑 백

아, 엄마한테 '또' 쫓겨났네...

캠핑 백은 캠핑하려고 샀다, 다한아.

작은 대문

한번 열렸다고

왜 그렇게 닫혔는지 확인을 하시는지.

제 역대문은 제가 알아서 할게요, 아빠.

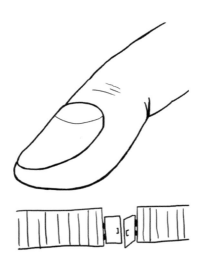

이름

내 이름으로 불리는 순간은 오로지 내가 되는 순간이 된다.
언니, 이모, 선생님, 저기, 아가씨
이미 존재하는 단어로 불릴 땐 특별하지 않다.

이름이 뭐예요?

아, 어색하다..

한 숨

한 번에 몰아쉬는 숨의 횟수가 잦아졌다.
답답하다고 생각하지 않았는데,
머리보다 더 재빠른 애가 있나 보다.

죄송

가장 의미 없지만
가장 많이 했던 말.

하기도 싫지만
듣기도 싫은 말.

죄송할 일은 생각보다 많지 않아요.

아는 척

진짜 아는 게 아니라
아는 '척'만 하는 건데
금방 속는다, 재미없게.

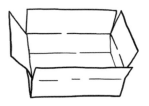

조용해지는 이유

말 많은 사람을 싫어해요.
'생각' 그리고 '여운'이라는 단어가
괜히 있는 게 아닐 거예요.

미화

나는 내가 미화되는 게 싫다.

사진이든 글이든 말이든

보이고

읽히고

들리는 것에,

미화되는 게 싫다.

난 나일뿐이야

누구도 날 대신할 순 없어

피카츄.

점프수트

화장실만 가면
날 벌거벗게 만드는 너.

매력 있어,
끊을 수 없어.

찬 손

저리도록 시린 내 손이 싫지 않을 때가 두 번 있다.

한 번은 엄마의 뜨거운 발 등 위에 놓여있을 때.

한 번은 네가 내 손을 잡아줬을 때.

찌찌

그래요,

나 술찌*에요.

그리고 또 앱찌에요.

무표정

창 많이 당겨있다.
그런데 모르겠다.
읽고 싶은데
읽지 못하겠다.

혼자 있고 싶은 걸까
같이 울어줄 수도 있는데...

무의미

내 것이 아닌 것과 내 사랑이 아닌 사람.

내 것이 아닌 것이 내 것에 하는 시기 어린 질투.
내 사랑이 아닌 사람이 내 사랑에게 하는 근거 없는 평가.

의미가 있으려나

있어도 뭐...

100만원

아빠가 친구한테 100만 원을 빌려줬대, 근데 안 갚아도
된다고 했대.
어떻게 그래?
우리가 살 수 있는 거 다 살 수 있잖아.

카페에 놀러 온 중학생 아이들의 말을 엿들었다.
나도 10만 원이 크던 때가 있었다.

나이가 들었다.

믿을 신

'불신'이 나쁘지만은 않은 것 같아.
'신'만 있으면 세상이 날 '병신'으로 보더라고.

굳이 네가 알려줄 필요는 없었지만.

잔 소리

앉아서 먹어
천천히 먹어
어디 아파?
손잡아
재밌게 놀다 와
조심해

이젠 뒤에 '요'를 붙여,
'내'가 하는 잔소리가 되었다.

선의

나의 선의는 의도가 있는
나쁜 선의다.

속지 마라,
나의 웃는 모습에.

홀값

푸시업 10개는 하죠,

무릎 안 대고요.

아,

10개씩 3세트는 해요.

만져보실래요?

어느 하루

눈이 떠진다.

물구나무를 선다.

이불을 갠다.

씻는다.

옷을 입는다.

화장한다.

출근한다.

일한다.

퇴근한다.

간식을 먹는다.

운동한다.

샤워한다.

계란을 먹는다.

수다를 떤다.

이불을 편다.

눈이 감긴다.

사랑해, 안아줄게

부모님께 듣고 싶은 말이 무엇인지 묻는 말에
아이들이 적어 놓았다.

사랑해, 안아줄게

얘들아, 욕 좀 하지 마라.
쌤이 갈피를 못 잡겠다.

부모마음

빨간 불, 브레이크
앞 차에 시선.

위급 상황 시
아이 먼저 구해주세요.

나도 모르게 흐느끼며 울어버렸다.
조용히 창문을 올렸다.

어린 스승

공부를 못해도
말을 안 들어도
말썽을 부려도

모르면 질문하고
눈 마주치면 웃음 짓고
감사한 것에 감사하고.

이해를 따지지 않고도
처음 드는 감정과 생각으로만 행동해도
충분히 사랑스러운 어른이 될 수 있겠다.

해 봄

그냥 해봤는데 '도전'이라고 하네요,
그러면 한 번 더 해볼게요.
매 순간이 도전이겠네요.

그런 사소한 '도전'들이 일상이 되니
살아가는 재미가 쏠쏠하네요?

별거 없네요.

2. 다한이의 군산불시착

군산 토박이가 즐기는 군산이 궁금한 사람에게 추천합니다.

국화빵은 내꺼
- 나포십자뜰철새관찰소

불과 몇 년 전만 해도 '군산'은 궁금할 것 없는 도시였다. 특별할 것 없는 너무나도 평범하고 때론 너무나도 한적한 그런 곳. 이곳에 우리 가족은 모두 살고 있다, 모두라 하면 친할머니와 외할머니까지.

어렸을 적 친할머니 댁에 자주 갔었는데, 날이 선선한 계절이 오면 해가 저물 때쯤 옥상에 올라 다 함께 새우를 구워 먹곤 했다, 삼겹살도. 새우가 익는 동안 온 세상은 잘 익은 새우 등 색깔처럼 진한 주황색 노을에 물들어 있었고, 그 물든 하늘과 쭉 펼쳐진 논이 맞닿는 곳엔 높지 않은 야산의 능선이 새우 눈처럼 까맣게 그늘져 있었다. 익은 새우와 노을 지는 하늘의 색이 비슷하다 느껴서일까 새우를 구워 먹던 날들이 오래 기억에 남아 있다.

지금은 고작, 아파트에 얼마나 많은 불이 켜져 있는지 정도

헤아릴 수 있을 뿐이지만, 이렇게 문득 추억을 떠올리다 보면 변해버린 군산이 너무나 아쉽다. 논이 있던 자리에 들어선 롯데마트로 장을 보러 가고, SNS에 올라오는 카페로 커피를 마시러 갈 때면 아쉬움이 아닌 즐거움이 찾아오기 하지만... 간신배.

올해 2월, 나의 발이 6개가 되었다. 내 몸에 붙어있는 발 2개, 그리고 부릉이 발 4개. 며칠 전 오랜만에 군산에 내려온 친구를 차에 태운 적이 있다. 대전이 고향인 친구는 운전하는 나를 보며 말했다. 요리조리 골목으로 잘도 다닌다고. '그래, 이건 토박이만 장착할 수 있는 레어 템이지'하고 괜히 우쭐했다.

그날 친구와 함께 밥을 먹은 뒤 내가 좋아하는 곳으로 향했다. 금강하굿둑을 넘어 '여기도 군산인가'하고 의문이 들 때쯤이면 도착하는 곳, 나포십자뜰철새관찰소이다.

주말이면 가족들과 자주 찾는 이곳은 둑에 오르면 탁 트인 금강의 풍경과 강변의 바람에 흔들리는 갈대가 일품인 곳이다. 시내에서 불과 10분 정도 달렸을 뿐인데 이렇게 펼쳐진 풍경이라니, 창으로 복받은 곳에 살고 있지 않나라는 생각이 절로 들게 한다. 이 날도 혼자 풍경에 젖고 있을 때 친구의 단음절의 감탄사가 아까 골목을 지나오며 느꼈던 갑갑한 우쭐함을 또 불러냈다. 그렇게 풍경을 눈에 담아 둑을 내려오면 한 덩치 하는 주황색 포장마차가 있다. 사실 풍경도 풍경이지만 내가 여기를 온 가장 큰 이유는 포장마차에 있다.

살짝 열려 있는 포장마차의 입구를 비집고 들어서면 눈에 잔꽃이 핀 듯 따뜻한 정을 담은 아저씨와 아주머니가 반갑게 인사해 주신다. 이때부터 나의 행복은 아저씨 손에서 태어난다. 아저씨가 뚝딱 만들어내는 나의 행복은 바로 국화빵이다. 반죽이 얇아 속의 팥 색깔이 엷게 비치는데 그 모습이 얼마나 식욕을 자극하는지 모른다. 이 짧은 형용을 하는 와중에도 입에 침이 고여 버렸다. 비 오는 날엔 라면도 꼭 먹어야 한다. 후두둑 빗소리엔 후루룩 라면이니까.

인구도 27만에 못 미치는 조용하고 한가로운 도시 군산은 몇 년 전 팥 빵이 유명한 그곳이 방송을 타면서 많은 사람들이 알게 되었다. 여행지에서 여행객이 즐기는 것과 그곳의 현지인들이 즐기는 것에는 분명히 차이가 있다. 여행객의 즐거움이 그 빵집과 어떤 사진관, 그리고 기찻길이라면 나의 즐거움은 박대와 계장 그리고 군산 곳곳의 '자연'풍경이다. 서로 즐기는 곳이 다르면 어떠한가, 각자 즐거우면 됐지. 하지만 토박이로서 아쉬움이 남는 건 어쩔 수 없다.

군산엔 세계 최장 길이 방조제인 '새만금'이 있다. 이곳 또한 내가 아끼는 자연 풍경 중에 한 곳인데, 늪지를 둘러싼 둘레 길과 물을 가로질러 쭉 뻗은 길이 있다. 산책과 라이딩에 제격이다.

지금은 이렇게 소중하게 느껴지는 자연이 남에게 그저 '촌'이라는 단어로 불리는 게 자존심도 상하고, 오히려 창피하게 느껴지던 때가 있었다. 사실 그 창피를 준 건 나의 큰 아빠였다. 초등학교 5학년 때 서울 큰 아빠 댁에 놀러 갔을 때 일인데, 일요일 아침 큰 아빠는 나를 데리고 떡집에 갔다. 나를 조카라고 소개하시곤 어디서 왔냐는 떡집 사장님의 물음에 '촌'에서 왔다고 아주 군더더기 없는 대답을 하셨다. 그 말이 어린 나의 자존심을 어찌나 날카롭게 할퀴던지. 그땐 진짜 촌이었는데. 지금 생각하면 헛웃음만 난다.

서울에서 지하철을 타면 일부러 손잡이를 잡지도 않고 흔들리지 않으려 발가락에 꽉 힘을 줬고, 아웃백에 가서는 옆 테이블의 탬버린과 나팔이 함께하는 생일 축하를 으레 겪어봤다는 것처럼 신경 쓰지 않는 척 스테이크를 능숙한 척 자르는데 집중했다. 큰 도시 서울에서의 모든 것을 낯설게 만드는 군산이 싫었고, 군산도 서울처럼 빨리 발전하고 변화했으면 좋겠다는 생각을 했다. 그런데 군산에게 바라던 변화는 나에게 먼저 찾아왔다. 자연과 함께하기에 한적하고 평범한 이곳이 지금의 아름다움을 오래도록 간직하며 천천히 변해갔으면 좋겠다고 말이다.

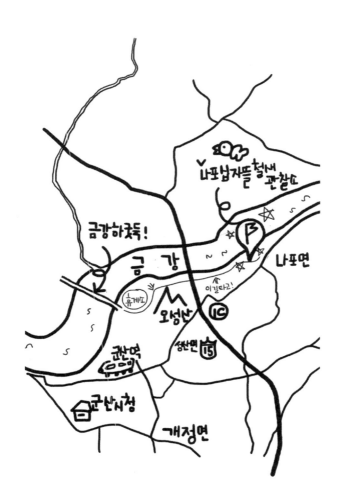

탁류길 1
- 선양동, 선양고가교와 해돋이 공원

군산에는 달동네가 많다. 나는 달동네가 좋다.

달동네를 처음 걸어봤던 건 중학교 때였다. 해망굴 근처에 있는 달동네에서 설치미술전을 하니 직접 가서 인상에 남는 작품을 사진으로 찍고 감상문을 제출하라는 미술 선생님의 과제 때문이었다. 처음 찾았던 달동네는 주민들은 모두 떠나고 알 수 없는 의미의 물감이 묻은 빈 집들과 버려진 물건들이 놓여있었다. 예술이라기보다 철거 전 생명이 전혀 느껴지지 않는 조용한 곳이었다. 당시 제출했던 감상문이 아직 남아있어 들여다보니 내가 찍은 사진은 어느 회색 벽 집 앞에 나란히 놓인 세 개의 나무 의자였다. 그 쓸쓸함이 어린 나의 눈에도 띄었나 보다. 대학을 졸업할 때까지 내 머릿속 달동네는 그랬다, 괜히 우울해지는 비좁은 공간.

달동네를 다시 찾은 건 직장 생활을 시작하고 나서였다.

생각할 게 많아지거나, 생각이 너무 많아하기 싫을 때가 오면 어이없는 행동 하나를 자주 하게 됐다. 스리슬쩍 나의 취미에 자리 잡고 드러누운 것, 골목을 비집고 들어가 보는 것이다.

막다른 길처럼 생긴 골목을 비집고 들어가 보는 것은 해보지 않은 사람이라면 모를 상상할 수 없는 재미가 있다. 아니 재미라기 보다 '흥분'이라는 단어가 더 알맞겠다. 골목을 조금 더 깊게 들어서는 나의 행동은 내 인생에 자꾸 비밀을 만들어 주었다. 탁 트인 하늘 아래 깊숙한 고민들이 꺼내어지는 곳. 그리고 내가 꺼내놓았던 사실조차 비밀이 되게 하는. 골목에서 일어나는 모든 것은 나의 비밀이 되었다.

어린아이가 자기 손가락보다 작은 콧구멍을 야무지게 파는 것 마냥 내가 그 손가락이 된 것 마냥 비밀을 만들러 골목을 비집고 들어가 보았다. 야무졌던 내 마음에 누가 칭찬을 해주려 했는지 선물을 툭 떨어트려 놓았다. 상상만으로 미소 짓게 하는 곳, 해돋이 공원 그리고 선양고가교를 그렇게 만났다.

높이가 가지각색인 달동네 계단을 지겹지 않을 만큼 오르다 보면 정돈된 길이 나온다. 그곳이 해돋이 공원이다. 군산에

살면서 이 고개 위에 이런 곳이 있을 거라 상상하지 못했었다. 그래서 놀랐다기 보다 충격적이었다. 해맞이 공원은 50대 후반 이후 아저씨들의 핫플레이스처럼 보였다. 그래서 우리에게 약간 낯설게 느껴질 수 있지만, 고개 정상 위에 아담한 공원이 꽤 매력적이라 떨쳐낼 수 없는 곳이다. 아저씨들이 모여있는 정자를 제외하고는 제법 빽빽한 덩굴나무들로 연인과의 뽀뽀가 제법 스릴 있는 놀이가 될 수 있을 산책길이다. 하트 스티커가 내 머리 위로 뿜뿜하듯 산책길을 지나오면 나의 최애의 공간이 등장한다, 선양고가교.

선양동 달동네에서 월명동으로 이어주는 선양고가교는 4차선 도로 위를 지나며 꽤 높은 위치에 있어 제법 아찔한 감이 있다. 안전하지 않은 느낌이 왠지 더 설레게 한다. 선양고가교에 올라서면 내가 아담하다 느꼈던 군산이 자신의 모든 것을 내어 보여주는 것 같다. 이래저래 흥분도 있고 편안함도 있는 매력적인 곳, 이젠 이렇게 말해도 내 맘을 이해하려나?

해맞이 공원과 선양고가교가 있는 선양동 달동네는 꽤 역사

---

*   이 길의 포인트다. 별표 다섯 개

가 있는 곳이다. 채만식 소설<탁류>의 주인공 초봉이가 살았던 곳, 그러니까 일제강점기에 빈민들이 모여 살던 곳이다. 높이가 제법 있는 야산이었기에 선양고개라고 불렸다고 한다. 최근 몇 년 간은 해맞이 행사가 열리면서 일출과 일몰이 아름다운 곳으로도 알려지고 있다. 더 이상 유명해지지 않기를 바라는 마음을 가지면서도 이렇게 소개하는 이유는 내가 군산을 아끼듯 다른 이들도 군산을 아껴주기 바라는 마음에서라는 걸 알아주시길.

해가 뜰 무렵의 새벽도 좋고, 해가 질 무렵 저녁도 좋고. 남들이 다 가는 그런 곳만 기웃거리지 말고, 여기 한 번 들렀다 가시길...

탁류길2 "말랭이 마을" 가는길.

청성쭝공APT

월명동 가는길

선양곤간

서타교 이 길 올라가세요

선명상가 공원

옴배돌이 공원

선호슈퍼

군산영랑여고

주차장

OFFIX

4 미원
사거리

군산
공설서장

군산남초

북병주

미원동가ㅍㅔ
꼬물잔흥
분색 (서정)

ⓘ
흥남동
주민센터

금강러퍼
타훈

탁류길 2
-신흥동 말랭이마을

"말랭이 왔다갔어"

"말랭이 할머니가 준거여~"

우리 할머니는 '말랭이'라고 부르는 친구가 한 분 있다. 어렸을 땐 할머니 성함이 '말랭이'인가 생각했고 조금 더 커서는 제일 마지막에 태어나서 말랭이인가라고 생각했다. 최근에서야 할머니께 직접 여쭤보았다.

"할머니, 그 할머니 친구, 말랭이 할머니 있잖아, 왜 말랭이야?"

"말랭인게 말랭이라구 허지~"

"그게 무슨 말이야?"

"말랭이에 살어, 그 할머니가"

10여 년이 훨씬 지나고 나서야 알았다. 말랭이가 동네 이름이었다는 것을. 충격적이지 않을 수가 없었다. 덧붙이자면 '말랭이'는 산봉우리를 의미하는 전라도 방언이라고 한다.

탁류길에서 소개했던 장소처럼 나의 애정하는 공간과의 첫 만남은 '충격'이 함께했다.

신흥동 말랭이마을은 2020년 6월 기준으로, 군산에서 가장 핫한 곳에 인접한 장소이다. '가장 핫한 곳'이라면 이성당, 동국사, 초원사진관, 히로쓰가옥, 한일옥 그리고 독립서점 마리서사까지 그 외에도 여러 맛집을 예로 들 수 있겠다. 이런 주변 것들이 너무 유명해서일까, 이곳을 찾는 사람들은 말랭이 마을의 코앞까지는 샅샅이 돌아다니다 말랭이 마을은 알아채지 못하고 지나쳐 버린다. 아쉽다, 내가.

말랭이 마을로 들어가는 길은 정말 많다. 그만큼 말랭이 마을이 크다는 말이기도 하다. 말랭이 마을의 앞은 핫플레이스인 월명동이 자리 잡고 있다면, 그 뒤로는 군산시의 상징인 월명산을 비롯하여 여러 산이 이어져 있는 월명공원이 있다.

말랭이 마을이 여기였구나 하고 무릎을 탁 치며 이름과 장소가 맛집가 된 건 몇 달 되지 않은 일이다. 독립서점 마리서사를 방문했다가 날씨가 좋아 뒷산을 좀 올라가 볼까 하는 호기심이 월척을 낚았다. 역시 산책은 하고 나면 잃을 것 하나 없는 가성비 최대의 활동인 것을 다시 한번 깨달았다.

말랭이 마을로 들어가는 수많은 입구 중 내가 가장 좋아하는 입구는 월명터널 옆으로 들어가는 샛길이다. 특별한 이유가 있어서라기 보다 관광객이 많지 않고 이쪽에 위치한 집들은 아직도 많은 사람들이 살고 있어 사람 사는 냄새가 나는 곳이다. 그러니 이곳을 방문하는 분이라면 반드시 매너를 지켜주시길 바란다. 본디 말랭이 마을은 산의 경사 위에 형성되었기 때문에 지을 때부터 공간을 최대한 활용하고자 노력해서일까 다닥다닥 붙은 집들 사이로 나 있는 골목들이 더 야우지게 보인다. 도시재생사업을 진행하면서 낡은 집들이 새집으로 탈바꿈되고 있지만, 집들 사이의 골목은 그대로 유지되고 있다는 점이 참 인상적이다.

이 마을에서 인상 깊은 것은 골목뿐만이 아니다. 옛부터 함께 사용해오던 우물과 우물터를 남겨두어 옛날 마을 사람들의

생활 모습을 상상하는 데에 힘을 보태준다. 또, 처음 갔을 땐 발견하지 못했던 나무 전봇대도 온전히 남아있는 곳도 있으니 여러분도 예옛날에 나무로 만든 전봇대를 열심히 찾아보시기를 바란다.

낡은 집이 새집으로 바뀌는 이유 중의 하나는 군산시에서 주관하여 예술인들이 입주하고 예술 활동을 지원하기 때문이다. 그러니 조금 시간이 지난 후 말랭이 마을을 방문한다면 내가 지금 느끼는 느낌은 변할지 몰라도 개성이 좀 더 다양해진 말랭이 마을을 느낄 수 있을 것이다.

군산 토박이 내 마음 위에는 새로 그려진 벽화들보다 옛 모습 그대로를 간직하고 있는 빨간 대문과 그 대문 위로 넝쿨이 있고, 대문 사이로 진돗개가 얼굴을 내밀고, 집들의 담을 따라 둥성둥성 놓인 화분들이 있는 모습이 더 잔잔하게 느껴진다.

무엇을 하지 않아도 걷는 자체가 심장을 더 빨리 뛰게 하는 이곳을 조용히 즐겨보길 바란다.

새만금
-장자도를 지나 대장도

나에게는 줏대 없는 동료들이 있다.

아, 나도 없다, 그 줏대.

글을 시작하자마자 '줏대'를 운운하는 이유는 우리에게 줏대가 있었다면 별 의미가 없었을, 발견하지 못했을 곳이기 때문이다. 함께 했던 줏대 없는 멤버들을 간단히 소개하겠다. 일단 행동대장 이으녕선생님, 뭐든 지지해 주는 등대 같은 전뚜미선생님, 다 품어주는 정리왕 김미나선생님, 그리고 비타민이라고 하면 딱 설명되는 신또영선생님. 이렇게 우리는 완벽하지 못한 것의 완벽함을 이루어 미지의 세계로 떠났다.

여행을 떠나기 2주 전, 이쁜 체크무늬 돗자리와 꽤 있어 보이는 디저트들 예를 들면 체리, 청포도, 와인, 치즈케이크 등을 나열하며 SNS 속 나들이를 꿈꿨었다. 하지만 우리는 줏대 <u>만 없는 게 아니라</u> 계획성도 없는, 아니 없다고는 하지 않겠

*   순서대로 동료 선생님들 실명입니다. 임은영, 전수미, 김민아, 신소영

다, 그래, 계획성도 부족한 사람들이었고, 나란히 앉아있는 우리의 손에는 휴대폰만 야무지게 쥐고 있었다. 역시 닮은 사람들은 서로 끌린다는 말이 틀린 말이 아니었다.

퇴근 후 밀려오는 허기짐에 차 안에서 먹을 홍루이젠을 사가기로 '아주 간만에' 짧은 시간 내 결정을 내렸다. 달달한 밀크티와 샌드위치를 오물거리며 어깨를 몇 번 들썩이며 웃고 나니 우리는 장자도에 도착했다.

장자도에서 내려 약 5분 정도 걸어가다 보면 대장도라는 섬이 하나 있다. 대장도는 다리로 이어진 섬들의 가장 마지막에 위치해 있기 때문에, 장자도에서 대장도로 이어지는 길에 서서 대장도를 바라보면 드넓은 바다 한가운데 돌산하나가 우두커니 솟아있으니 모습이 마치 한 폭의 그림 같고 바다를 바라보고 있는 성의 모습은 용맹하게 보였다. 웅장한 느낌은 아니고 용맹하다 느낀 정도이니, 속으로 '금방 올라갔다 오겠네'라며 섣부른 생각을 했다. 그때 앞서가던 누군가 말했다.

"우리 트래킹해요?"

나는 슬리퍼를 신고 있었고, 뚜미생은 피크닉을 한껏 즐길 꾜

매나면서 귀여운 갈색 미니백을 손에 쥐고 있었다. 누구도 산에 오를 생각은 없던 오늘의 나들이였지만 우린 '줏대'라곤 찾을 수 없는, 자신의 의견이 타인의 의사결정에 절대적으로 방해가 되지 않게 따라주는 그런 착한 사람들이었다.

우리는 각자 생각했을 것이다. 누군가 던진 그 물음엔 화자의 '트래킹'에 대한 열원이 있었을 것이라고, 그렇기에 내가 가기 싫더라도 누군가 가고 싶을 수도 있으니 조심히 상황을 살펴보자고. 그렇게 우린 '가자!'라는 말 대신,

"우리 진짜 가?", "진짜 가는 거지?", "나는 괜찮아~"

라며 민들레 홀씨같이 후 불면 날아가 버릴 작고 귀여운 말들만 날리고 있었다. 그렇게 우린 대장산을 오르는 입구를 지나 나무가 우거진 곳을 걸어갔다.

대장도에는 2개의 트래킹 길이 있는데, 하나는 나무계단으로 정리된 길, 다른 하나는 다듬어지지 않은 흙 길이다. 우리는 하산을 한 뒤에서야 나무계단으로 정리된 길이 있다는 사실을 알았다. 정상에 갔다 오는 길이 약 40분이 걸린다는 동네주민분의 얘기를 듣고 우린 열심히 올라갔다. 트래킹을 하라고 일

부러 낸 길이 아닌 사람들이 헤매다 자연스럽게 길이 난 것 같은 애매한 길들과의 연속된 만남은 마치 우리가 다람쥐가 된 것은 아닐까라는 착각을 하게 했다.

지나는 길 옆 바위 사이로 뭔가 움직이는 것 같아 허리를 숙여 보니 손바닥만한 게가 껌뻑거리고 있었다. 바위 사이로 졸졸 흐르는 냇물(?)을 지나 산의 정상에 다다랐을 때쯤 머리 위로 우거져 있던 나무숲을 벗어나 발밑으로는 바다가 펼쳐지고 그 뒤로는 돌 절벽이 솟아있는 곳에 서니 파도에 밀려오는 바람에 살랑이고 싶었던 블라우스는 그제서야 때를 기다린 듯 바람에 몸을 맡기며 살랑거렸다.

풍경을 즐기고 다시 흙 길로 돌아와 정상으로 향했다. 그런데 이상하게도 정상으로 가는 길은 보이지 않았고, 우리는 옳다구나 하며 안전을 위해서라며 서로를 다독이면서 하산을 택했다. 하산을 하며 나무 사이사이로 보이는 푸른 바다와 장자도 그리고 선유도의 백사장까지, 비록 정상을 오르지 못했지만 마음이 아쉽지 않은 풍경들을 눈에 꼭꼭 눌러 담았다.

짧은 경험담으로 대장도의 매력을 어필하기엔 아쉬워 정식으로 소개해보겠다.

대장도는 무녀도, 선유도, 장자도, 대장도 순으로 다리로 연결되어 있는데, 선유도의 끝자락 섬이 대장도이다. 옛날엔 10가구 남짓의 사람들이 모여사는 작은 마을이었지만, 지금의 대장도는 절벽을 따라 서구식 펜션들이 들어서 있어 나름 관광지의 느낌을 준다. 시끌벅적한 관광지의 느낌이라기 보다 잔잔하게 운치 있는 느낌이니 조용히 휴식을 즐기기엔 좋을 것 같다. 대장도는 바위산으로 된 섬이다. 그렇다, 우리가 괜히 땅에 젖어 오른 것이 아니다, 바위산은 경사가 만만치 않다는 사실을 간과해서는 안 됐다

바닷속부터 솟아오르기 시작해 하늘까지 우뚝 솟아있는 이 멋있는 곳엔 서울로 떠난 지아비를 기다리다 돌이 되었다는 '할매바위'도 있고, 그 밑의 해변에는 작은 몽돌해변도 있으니 몽돌해변을 거닐며 정말 기분도 몽돌해지는지 느껴보길 바란다.

선유도로 가르는
검 라인 ~

대장도
산 모르게 !!
편년에 묶어됨 !

장자도
요게서 대장도를 낮면
그렇게 이쁘다 !
여뿐 자돼도 오구 ~

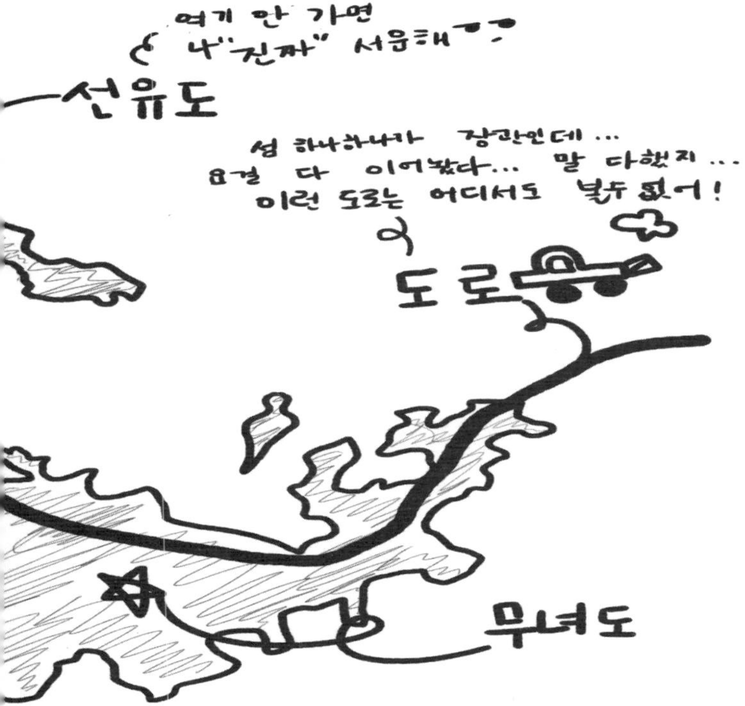

여기 안 가면
나 "진짜" 서운해ㅜㅜ
선유도
섬 하나하나가 장관인데...
요걸 다 이어놨다... 말 다했지...
이런 도로는 어디서도 볼수 없어!
도로
무녀도

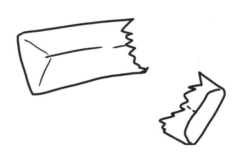

3. 오글거리는 너와 나

- 관계자 외 출입 금지 구역

- 관계자

    1. 일로 만난 사람

    2. 어딘가 모르게 닮은 사람

        (혹은 다한이와 같은 피가 흐르는 사람)

    3. 다한이를 좋아하는 사람

일로 만난 사이
- 나의 작은 아가 새들에게

아가 새들아 잘 지내고 있니?

마치 정말 아가 새가 자라 날갯짓을 배우고 조금 더 높은 나뭇가지로 날아올라 간 듯, 너희가 1학년 교실이 있는 2층에서 2학년 교실이 있는 3층으로 올라가버렸구나.

아마 너희의 머릿속엔 학교 선생님들의 존재는 (사실 존재 자체가 존재할지 모르지만) 검은콩 아니 쌀 한 톨만 하겠지만, 선생님의 머릿속에는 너희들이 꽤 넓은 부분을 차지하고 있단다. "선생님은 항상 짝사랑 중이다", "아이들에게 바라지 마라", 선생님이 일하면서 자주 듣는 말들이란다. 작년엔 공감하지 못했던 말들을 시간이 지남에 따라 공감하고 있는 자신을 보니 너희들에게 조금 서운한 마음이 들기도 하고, 또 좋은 추억을 함께 해준 너희에게 고마운 마음이 들기도 하는구나.

사랑둥이들아,

선생님이 처음 너희를 '사랑둥이'라고 불렀을 때를 기억하니?
선생님은 기억하는데, "사랑둥이들아~"라고 하니 너희들의 표
정은 마치 '엥? 내가 지금 뭘 들었지? 뭐라고 하는거지?'라
고 생각하는 병 찐 모습이었어. 뭔가 부끄러운지 내 눈을 피하
는 사람도 있고. 시끌시끌했던 교실 안이 갑자기 조용해지는데
내가 무안하더라. 속으로 생각했지, 요놈들 이런 거에 약하구
나 하고 말이야.

지금 생각해보면 너희가 얼마나 작고 귀여웠던지, 흔치 않은
'사랑둥이'라는 호칭을 쓰면서도 선생님은 닭살 한번 돋은 적이
없었어. 그렇게 너희가 나의 사랑둥이들이 되어 한 달이 넘어
가고, 학년 말이 되어 갈 때쯤에는 너희들이 먼저 물었지.

"선생님,
왜 사랑둥이라고 안 불러줘요?"
"우리가 선생님 사랑둥이죠?"

이렇게 글로 쓰며 그때를 회상하니 너희와 한 교실에서 공부하고 싶었는 농담을 주고받으며 놀았던 그 시간들이 참으로 많이 그립구나.

우리 둥둥이들,
선생님이 조금 더 성숙하고 아는 게 더 많을 때 만났다면 참 좋았을 텐데. 너희와 함께 했던 그땐 선생님이 모르는 게 너무 많았어 그래서 조급했고, 놓치는 것도 많았지. 더 넓은 세상을 보여주지 못해 미안했어, 줄 수 있는 게 선생님 마음뿐이라 미안했다. 앞으로 선생님보다 훨씬 훌륭하고, 너희에게 더 많은 걸 경험하고 느끼게 해주는 선생님을 만나기를 진심으로 진심으로 바랄게.

너희는 존재 자체로 빛나는 보석이란다.
지금 걸어가고 있는 길이 어두워 앞이 보이지 않는다 해도 엎추지 마렴, 낙담하지 마렴.
때가 되면 네 안의 빛이 너의 길을 환하게 비춰 줄 거란다.

힘들 때 힘들어하고 슬플 때 눈물 흘릴 줄 아는 네 자신을 아끼고

사랑하며 가꿔주렴.

'영원'한 이 세상의 보석, 선생님의 사랑들,

오직 네가 주인인 삶을 살아가길 바란다,

진짜 안녕.

선생님의 눈물 찔끔과 함께

친동생 기현이에게

동생, 누나랑 함께 한 지난 27년 어땠어?

많이 힘들었지? 미안하다.

네가 먼저 태어났으면 맘 편하게 머리 한 번이라도 쥐어박았
을 텐데.

항상, 나보다 몇 걸음 앞서 생각하는 너의 속을 며칠이 지나서
야, 몇 달이 지나서야, 몇 년이 지나서야 알게 되는 것이 나
는 참 싫었어. 그리고 지금도 그래. 최근에 몇 년 간 알지 못했
던 너의 속내 하나를 알고 나서는 진짜 기분 별로더라. 나만 너무
내 인생 챙기고 살아온 것 같아서.

누나 눈치 없는 거 알지? 뭔 일 있으면 귀띔이라도 해 줘,
나중에 마음 쓰게 하지 말고...
세상에 너 같은 동생 많이 없더라. 고맙다.

너 결혼하기 전에, 우리 어렸을 때 말했던 거 있잖아,

일본으로 식도락 여행.

누나가 돈 준비해놓을 테니까 준비되면 떠나자.

말 안 하면 이 기회 그냥 지나간다~?

앞으로 살아가는 동안 지금은 상상하지 못할 그런 힘든 일도 일

어나겠지? 아빠, 엄마가 하늘나라로 가고 우리 둘만 남겨질

때도 오겠지? 그때 내가 큰 도움은 안 돼도 누나로서 해 줄 수

있는 건 해 줄 수 있는 그런 사랑으로 너의 옆에 있어줄게. 작

은 도움이라도 될 수 있게 누나가 열심히 살게.

스릉흥.. 아 이건 못하겠다.

컴퓨터 작작해라, 빠이.

                    억억해진 가슴 부여잡고 누나가 써드림.

스텔라와 쑥님께

스텔라 그리고 쑥이씨, 저 글 완성했어요.

이 녀석이 이제 별 짓을 다 한다고 말씀하시는데 그런 말 들을 때 뭔가 더 신이 나더라고요. 이전의 나와 다른 뭔가에 새로 도전하고 있다는 느낌이 들었거든요. 요 몇 주 어쭙잖은 저의 글 읽고 들어주시느라 고생 많으셨습니다.

어렸을 때부터 제가 하고 싶다는 건 반대하지 않고 항상 지지해 주셨죠. 어쩔 땐 오히려 항상 지지만 해주시는 것에 큰 부담감을 느끼며 불안해하기도 했어요. 다 지나고 보니 그런 시간들이 저의 책임감과 도전의식을 키워준 것 같아요.

아빠 엄마 아직도 저에게 말씀하시죠, '우리 딸은 아직도 고등학생 같다'라고요. 저도 그래요, 아직도 아빠 엄마는 제가 어렸을 때 봤던 아빠 엄마예요. 그런데 어쩌다 한 번 엄마랑 아빠랑 찍은 사진을 되돌려 보면 가슴이 먹먹해질 때가 있어요. 항상 제 눈엔 변함없는 부모님이었는데 사진으로 찍고 보니 나이 들어가시는 모습이 보여서요. 이제 제가 직장도 있고 제 앞가림은 하고 다니니 딸자식 걱정 마시고 부디 아빠, 엄마 건강만 챙기세요.

저도 어느새 나이가 계란 한 판이네요. 나이가 들어가면서 제일 무서운 건 아빠랑 엄마도 나이를 들어간다는 거예요. 오랫동안 효도할 수 있도록 제 옆에 건강하게 오래오래 함께해 주세요. 엄마와 아빠가 주는 사랑이 넘치고 넘쳐서 아까운 줄 모르고 살았어요. 항상 그 속에서 헤엄치고 놀 줄만 알았지. 아빠, 엄마 가 제 사랑 속에서 헤엄치게 할 수 있을까요? 제가 그 사랑 채워놓을 때까지 기다려주세요. 항상 웃게 해드릴게요. 나의 사랑 스텔라, 쑥 징그럽도록 사랑합니다.

다한이가 사랑하는 부모님께.
2020. 4월 감성에 젖은 새벽녘

미래의 아이에게

안녕, 아가야, 엄마야.

아가야 너는 아빠가 있니?

너에게 아빠가 있을지 없을지는 엄마도 궁금하구나.

아빠의 존재 여부부터 묻는 엄마라고 너무 불안해하지 마렴.

만약 아빠가 없는데도 너를 책임지고 키우고 있다면 이 엄마는

충분한 계획이 있은 후 너에게 나를 '엄마'라고 부를 수 있는 기회

를 준 것일 테니.

아가야, 엄마는 우리 아가를 무지 많이 사랑해.

할머니, 할아버지가 엄마한테 우리 아가 사랑하는 법을 알려주

셨거든.

아가야 이 사실을 꼭 알아두렴.

이 세상엔 우리 가족처럼 아가를 사랑하는 사람만 있는 게 아

니란다. 혹시 아가를 싫어하거나 아니면 아가에게 관심조차 없는 사람을 만나도 당황하지 마렴. 우리 아가가 모든 사람을 좋아하거나 관심이 있는 게 아니 듯 그 사람들도 그저 자기 인생을 살아가고 있는 것뿐이란다. 그래도 마음이 아프면 언제든지 엄마에게 아니면 할머니, 할아버지, 삼촌, 또는 아빠, 아니면 너의 친한 주변 사람에게 마음을 털어놓아보렴. 그럼 기분이 한결 나아질거야.

아가야,
사람이 세상에 태어나는 건 축복이란다.
엄마는 우리 아가가 이 세상의 모든 축복이었던 사람들과 함께 걸어가고 뛰어가고 대화하고 맛있는 거 먹고 그런 따뜻한 인생을 살아가면 좋겠어. 응원한다.
아가, 사랑한다.

엄마 다한

당숙보다 삼촌이 익숙한 문성이 삼촌께

잘생긴 문성이 삼촌!

제가 임용 합격하고 삼촌이랑 아빠랑 통화하셨을 때 기억나세요? 합격자 발표 나고 삼촌이랑 아빠랑 통화하면서 울었잖아요. 나중에서야 전해 들었지만, 이 얘기를 듣고 웃기기도 했는데 좀 감동적이었어요. 엄마가 아닌 다른 누군가가 아빠의 마음을 공감하며 함께 눈물을 흘렸다는 거잖아요.

아빠와 삼촌이 아무리 사촌지간이라고 해도 나이 50 중반 넘어가는 '완연한' 중년 남성과 중년 남성으로 입성하는 남성 둘이 통화하면서 훌쩍이는 상황이 흔한 건 아니잖아요. (웃음) 글을 쓰며 그때를 다시 떠올려보니 살짝 울컥하면서도 공기 찬 웃음이 터지네요.

삼촌,

인생에서 느끼는 행복이 정말 별게 아닌 것 같다는 생각이 들어요. 이렇게 찰나에 지나가는 감정을 누군가와 단 몇 분 나눴다는 사실만으로도 인생의 풍요로움을 느끼는 걸 보면요. 그때 그 순간, 아빠에게 인생의 풍요로움을 선물해 주셔서 감사해요, 진심으로요.

저의 직업에 자부심을 느끼는 수많은 이유 중 작지 않은 이유 하나가 바로 잘생긴 369삼촌과 같은 분야에서 일하고 있다는 사실이랍니다. 어렸을 땐 저의 선생님들을 알고 있는 삼촌이 부담스러웠는데, 이젠 가족 중에 직장고민을 진지하게 상담할 수 있다는 사실에 정말 든든합니다. 감사합니다 삼촌, 그리고 당숙모도!

제가 부끄러움이 많아 직접 보고는 말씀 못 드려요, 그러니 제가 없는 곳에서만 이 편지를 읽어주세요, 감상평도 가슴에 묻어두시라요

　　　　　　　이쁜 다현이 기원이 얼굴 떠올리며

　　　　　　애정 하는 삼촌과 당숙모의 행복을 기원하며...

키다리 삼촌, 동성이 삼촌께

삼촌!

저는 복받은 사랑이에요, 그죠, 삼촌?

고추 모종을 심으면 쓰러지지 말라고 줄기 옆에 고춧대를 세워두고 빵줄로 살짝 묶어두잖아요. 저한테는 그 줄기 옆에 있는 고춧대가 정말 많았어요. 감사해요 삼촌, 무슨 말인지 아시죠?

사실 어렸을 땐 삼촌의 애정이 부담스럽게 느껴졌는데 지나고 봐도 부담스럽네요. 장난입니당~ 이렇게 커서 부담 없이 대화하고 다가갈 수 있는 삼촌이 있어 제 인생이 풍요롭다고 느끼는걸요.

삼촌이 담가달라는 김치는 저도 사 먹을 거 같아 못 담가드리겠습니다. 김치찌개도 잘 모르겠습다, 파송송계란탁 정도는 가능합니다, 하하하하. 대신 제가 모아놓은 돈 '조금' 가지고 맛있는 거

138

사드리겠습니다, 초밥 빼고! 삼촌 회 싫어하니까

삼촌이 저에게 주시는 마음에 비해 제가 해드리는 게 없네요. 이런 글 하나로도 고맙다고 해주시는 삼촌, 진작 전해드리지 못한 마음 이제야 전해드리게 되어 제가 더 행복합니다, 감사합니다!

삼촌, 앞으로 술 먹고 2차 가기 전에 담배 피면서 전화하지 말고요, 하늘이 하늘색일 때 그리고 얼굴은 얼굴색일 때 전화하세영!! 이제 나이도 많으셔서 술 줄이셔야 하고요, 담배도 줄이셔야 합니다~ 자신을 너무 믿지 마세요오, 상초온!

이쁜 조카 이만 물러나겠습니다.

쏟아지는 비가 보이는 법원 옆 카페에서
피곤에 쩔은 조카올림

조용한 흥분이 좋은 미원동 언니에게

언니, 저는 이제 언니의 이름을 알아요. 남들이 다 부르는 미원동 언니 말고요. 여기서는 말하지 않을게요, 언니에게 선택받은 사람만 언니의 이름을 알 수 있는 거니까요.*

언니는 저에게 잔잔한 호숫가가 되어주는 사람이에요. 사회에 나와 진정으로 마음을 열고 얘기할 수 있는 사람을 찾았다는 게 정말 신기해요.

언니,

저번에 언니가 내려준 커피를 마시며 고민 상담을 한 적이 있죠. 어렸을 때 자연스럽게 맺어진 인연이 아닌, 아주 사소한 어떤 이유가 있어 '맺어지게 된' 인연과의 거리는 어느 정도가 적당하고 그 거리는 어떻게 유지해야 하는 건지라고 말이에요. 언

* 책 읽고 계신 독자님도 선택받은 사람입니다.

140

니가 저에게 들려준 그에 대한 답은 정말 차분했어요.

"그거 참 어렵지"라는 말로, 언니도 그런 고민을 했었다고 공감의 말을 해줬을 때 제 마음에 손을 얹어주는 것 같아 참 좋았어요. 그런데 며칠 뒤 언니가 저에게 편지를 써 주었죠 편지에 쓰인 글은 저의 실루엣을 온전하게 감싸는 레이스 면포같이 아주 투명하면서도 따뜻한 위로였어요. 관계라는 게 참 어려운 일이지만 그래도 조금씩 내려놓고 풀어가고 있다 하니 안심이 된다는 말, 그리고 응원한다는 그 말이 저에게 큰 힘이 되었습니다.

'나와 유관할 리 없는 이에게서 얻는 수수하고 별것 없는 다정함'을 넘어 언니는 저에게 유관한 사람이 되었고 마냥 수수하지만은 않고 별것이 있는 다정함을 주었습니다. 고마워요, 언니 우리 술 마시러 가요!

언니의 공간, 조용한 흥분색에서 다한이가

가야에게

가야야, 보고 싶다.

너랑 있으면 귀로 들리는 말보다 마음으로 느끼는 침묵이 더 진하게 느껴져. 1년을 넘기고 오랜만에 만난 저녁식사 자리에서 우리 지난 시간들 속의 근황을 말하기도 전, 아침부터 있었던 일들을 나눴지. 이렇게 의식의 흐름대로 흘러가도 자연스러운 미소를 지을 수 있고, 힘겨웠던 하루에 지친 얼굴로도 함께 있을 수 있는 친구가 있는 건 정말 큰 축복이야, 그렇지?

우리가 사는 세상엔 말로 표현하기엔 너무 많은 상황과 감정이 있어. 그래서 그 많은 일은 말하기엔 입도 아프고 되새기기까지는 머리도 아파. 그래서 난 네가 필요하지.

친구야, 시간 좀 만들어보자. 여행이나 갔다 오게.

그런데 우리 진짜 여행 갈 수 있을까? 우리 서로 인생 조금만 욕심부리고, 사지육신 멀쩡할 때 여행 다녀오자.

비타민 잘 챙겨 먹고 항상 응원한다 내 친구(찡긋).

성남에서 너와 초밥 먹던 그 날을 떠올리며

매일 밤 '짠'하고 싶은 고운, 유라, 현정이에게

친구들아.

우리 많이 늙었다, 그지? 만날 때마다 겉모습은 조금씩 변하는 것 같은데, 말하는 건 변하질 않아, 무섭게.

유라는 결혼을 하고 아이를 낳아서 그런지 속이 제일 깊고 어른스러워. 우리 중에 한 명이라도 이렇게 중심 잡아주는 애가 있어서 다행이야, 그지?

나 말이야, 가끔 생각해, 내 인생에서 너희들이 없었다면 어땠을까라고.

고운이는 우리가 함께 했던 시간들에서 아주 사소한 것에서라도 그 속의 의미를 찾아내는 특별한 능력을 가지고 있고, 현정이는 내가 잘 정리하지 못하는 감정들과 생각을 대신 정리해 주는 특별한 능력을 가지고 있고 마지막으로 유라는 우리를 따뜻하게 바라보며 힘을 내어주는 특별하고도 특별한 능력을 가지고 있어.

나이가 들고 최고의 재산은 친구라는데, 중간 점검 상 나는 꽤나 부자인 듯해.

머리와 눈, 그리고 입이 쉬려면 혼자여야만 가능한 요즘. 온전한 나로 존재할 수 있는 건 모두 너희들 덕분이야. 고맙다, 내 목소리로 직접 귀에 속삭여 주고 싶지만 참을게.

앗 차, 그리고 살짝 사랑한다?

간만에 진지한 마음을 담아, 다한이가

다한이에게

다한아, 안녕!

네가 글을 쓴다는 게 놀랍구나. 고등학교 때 언어를 가장 싫어하지 않았니? 그러고 보면 인생은 정말 누구도 모르는 일이야, 그치?

네가 글을 쓰기 시작한 이유를 잘 알아, 스스로 못 해낼 거라 생각했기에 더 오기가 생겼다는 것도 알고. 그런데 글을 쓰다 보니 어떤 목표나 오기 때문이 아니라 내가 눈에 보이지 않았던 것을 그려내고 있다는 자체가 즐거워지더라. 며칠 전 내가 쓴 글을 다시 읽어봤어. 그런데 그 내용을 뻔히 알고 있는데도 너무 웃긴 거야. 소리까지 내면서 웃어버렸어. 다른 사람이 보면 당황스러웠겠지만 웃는 너의 모습에 기분이 꽤 좋았어. 어떤 생각이나 행동의 방향이 남이 아닌 내가 될 때 알지 못했던 것을 알게 되고, 느끼게 된다는 것을 알았거든. 인생을 즐기는 방법을 알게 된 것 같아 어깨 한번 으쓱했어.

고등학교 때 너무 공부를 못해서 선생님한테 무시당한다고 생각
했던 적이 있지. 그 후로도 꽤 오랜 시간 스스로 뒤쳐진 인생
이라고 생각하며 널 못살게 굴었어. 구린 냄새가 나는 것 같은
내 처지를 어떻게 씻어내고 밖으로 나가야 할지 몰랐잖아.
사실 구린 냄새가 나는 건 내 자신이 아니라 스스로 구리다고
여겼던 그 생각이 구렸던 건데. 지금 여유가 생기고 보니 그때
에 가엾던 네가 보이더라. 미안해, 앞으로는 잘 가꿔줄게. 그
냥 놓아버릴 수도 있던 나를 끝까지 믿고 이끌어 와줘서 고마워.

지금처럼 가족 사랑하며, 가까운 사람들 챙기며, 너의 인생 즐
겁게 살아가길 바라. 그럼 원하는 모든 건 다 잘 돼가고 있을
거야. 인생에 대한 설렘이 하루하루 살아가며 느끼는 고됨을
위로해 줄 거라 믿어 의심치 않으며, 너의 앞 날을 응원할게.

찬 공기에 코가 시린 다한이가

나의 작고 소중한 독자님께 고백합니다.

고백할게요.
사실 짧은 글은요, 저의 모자란 글 솜씨가 드러날까봐
무서워서 당신이 어떤 생각을 하기 전에 끝내버리려는
아주 교묘한 속셈이 묻어있었어요. 사과할게요.

이 책은 온전히 제가 즐거우려 채운 공간이에요. 당신
을 배려하지 않은 공간일 수 있기에 이 책을 선택한 당
신에게 미안한 마음이 있어요. 그래도 모든 선택엔 대가
가 있다는 것 알죠? 당신도 책임은 있어요. 그래도 사과
할게요.

두려움, 이거 하나 모른 척했더니 세상엔 즐길게 정말
많네요. 생각 없이 사는 거 꽤 가볍고 재미 있네요.
철학이 이러다 생기는 걸까요?

가시적인 것들이 주는 힘이 있어요, 별거 아닌 걸 글로
옮겨보니, 너무 사소해 지나쳐버린 것들에도 의미가 생

기고 감정이 생기네요. 지금도 제가 어림조차 하지 못
하는 사고와 감각의 영역이 있겠지요? 이런 미지의 영
역이 존재할 거라는 어림을 갖게 된 것만으로도 저는
만족합니다.

제일 무서운 것이 귀신이었을 때가 참 어렸구나 하는 생
각을 하며 저의 귀한 독자분들께 저의 짧은 고백을 마
칩니다.
감사합니다.

이다한

다한이의 흥분색은 동그란 안경이었을까.

동그란 안경을 장착하기 전 다한이는
관계라는 사회 속에서 선을 지키고 있는 아이였다.

상처받지 않기 위해 적당한 거리를 두며
자신을 지키고만 있는 줄 알았던 다한이는
사람에 대한 마음이 그 누구보다 따뜻한 아이였고
사소한 것들에도 감정을 담아낼 줄 아는 아이였다.

그 연한 마음이 고스란히 담긴 <다한이 뭐하니>

<다한이 뭐하니> 안에는
그녀가 품어 온 감정만큼이나 다양한 온도가 담겨 있다.
나도 모르게 터져버리는 웃음도
마음을 간지럽히는 수줍은 고백도
따스한 위로도.

"사소한 도전들이 일상이 되니 살아가는 재미가 쏠쏠하네요."
"두려움, 이거 하나 모른 척 했더니 세상엔 즐길게 정말 많네요."

두려움을 모른 척 할 수 있었던 것도
일상에 의미를 부여할 수 있게 된 것도
다한이의 사랑하는 눈이 있기에 가능한 것이었겠지.

수줍지만 솔직한 사랑을 건넬 줄 아는 다한이와
통하는 사람이 되고 싶다, 그녀의 동그란 안경과 함께.

책방 「조용한 흥분색」 대표 권세나*

---

*   미원동 언니로 불러주세요.

다한이 뭐하니

초판 1쇄 발행 2020년 8월 3일

지은이	이다한
그린이	이다한
펴낸이	공가희
편집	공가희

펴낸곳	KONG
등록	2018년 8월 31일(제2018-000019호)
email	thekongs@naver.com
인쇄	신사고하이테크

ISBN 979-11-965302-9-7(02810)

이 도서의 국립중앙도서관 출판예정도서목록(CIP)은 서지정보유통지
원시스템 홈페이지(http://seoji.nl.go.kr)와 국가자료공동목록시스템
(http://www.nl.go.kr/kolisnet)에서 이용하실 수 있습니다.(CIP제어번호:
CIP2020029549)

* 책값은 뒤표지에 있습니다.
* 파손된 책은 구입한 서점에서 교환해 드립니다.